Luz
para
todos

A mi mamá, con cariño
—M. E.

A Ana y Peter, siempre en primera línea
—R. C.

SIMON & SCHUSTER BOOKS FOR YOUNG READERS
Un sello editorial de la División Infantil de Simon & Schuster
1230 Avenida de las Américas, Nueva York, Nueva York 10020
© del texto: 2021, Margarita Engle
© de las ilustraciones: 2021, Raúl Colón
© de la traducción: 2023, Simon & Schuster, Inc.
Traducción de Alexis Romay
Originalmente publicado en inglés en 2021 por Simon & Schuster Books for Young Readers como *Light for All*
Diseño del libro por Laurent Linn © 2021 de Simon & Schuster, Inc.
Todos los derechos reservados, incluido el derecho a la reproducción total o parcial en cualquier formato.
SIMON & SCHUSTER BOOKS FOR YOUNG READERS es una marca de Simon & Schuster, Inc.
Para obtener información respecto a descuentos especiales en ventas al por mayor,
diríjase a Simon & Schuster Special Sales al 1-866-506-1949 o a la siguiente dirección de correo electrónico: business@simonandschuster.com.
El Simon & Schuster Speakers Bureau puede traer autores a su evento en vivo.
Para obtener más información o para reservar a un autor, póngase en contacto con
Simon & Schuster Speakers Bureau, 1-866-248-3049, o visite nuestra página web: www.simonspeakers.com.
El texto de este libro usa la fuente Cabrito.
Las ilustraciones de este libro fueron hechas con lápices de colores Prismacolor y crayones litográficos sobre papel Fabriano Artistico.
Fabricado en China
0124 SCP
Primera edición en español de Simon & Schuster Books for Young Readers, mayo de 2023
2 4 6 8 10 9 7 5 3
Library of Congress Cataloging-in-Publication Data
Names: Engle, Margarita, author. | Colón, Raúl, illustrator. | Romay, Alexis, translator.
Title: Luz para todos / escrito por Margarita Engle ; illustrado por Raúl Colón ; traducción de Alexis Romay. Other titles: Light for all. Spanish
Description: New York : A Paula Wiseman Book, Simon & Schuster Books for Young Readers, [2022] | "Originalmente publicado en 2022
por Simon & Schuster Books for Young Readers como Light for All" | Audience: Ages 4-8. | Audience: Grades 2-3. |
Summary: Illustrations and easy-to-read text tell of travelers who have left their homelands to bring their talents, hopes,
and determination to a land where Liberty's light shines for all.
Identifiers: LCCN 2022028106 (print) | LCCN 2022028107 (ebook) | ISBN 9781665929530 (hardcover) |
ISBN 9781665929523 (paperback) | ISBN 9781665929547 (ebook)
Subjects: CYAC: Immigrants—Fiction. | Statue of Liberty (New York, N.Y.)—Fiction. | Spanish language materials. | LCGFT: Picture books.
Classification: LCC PZ73 .E575 2022 (print) | LCC PZ73 (ebook) | DDC [E]—dc23
ISBN 9781665929530 (tapa dura)
ISBN 9781665929523 (rústica)
ISBN 9781665929547 (edición electrónica)

Luz
para
todos

MARGARITA ENGLE

ILUSTRACIONES DE
RAÚL COLÓN

TRADUCCIÓN DE ALEXIS ROMAY

A Paula Wiseman Book
Simon & Schuster Books for Young Readers
Nueva York   Londres   Toronto   Sídney   Nueva Delhi

De una tierra a otra,
valientes viajeros llegan
con esperanzas, sueños, destrezas
y determinación.

¡La poderosa luz
de una potente lámpara
brilla
para todos!

Algunos venimos a unirnos a madres, padres, hermanas, hermanos... cada alegre reunión familiar es maravillosa.

El imponente resplandor
de una antorcha en alto
nos saluda a todos.

De una tierra a otra,
llegan los sobrevivientes
escapando de la guerra,
de tormentas, de terremotos,
del hambre...

Una radiante llama brilla para todos.

La promesa de trabajos
trae a talentosos doctores, científicos,
artistas, cantantes, estudiantes, cocineros

y granjeros que saben
plantar y cultivar deliciosa
comida para todos.

Tenemos que luchar para ser aceptados,
porque alguna gente no entiende
cuán necesaria
es la igualdad.

La libertad de hablar, leer, escribir
y creer en lo que nos plazca

nos ayuda a unirnos a quienes vinieron
por las mismas razones
hace mucho tiempo.

Los inmigrantes estudiamos para
aprender un nuevo idioma
sin olvidar las palabras de nuestros
primeros hogares,
porque conocer más de una
manera de comunicarse
siempre es útil
para todos.

en las que nacimos,

y también amamos esta nueva patria,
mientras nos adentramos
en la larga, amarga historia
de los Estados Unidos, una historia
que comenzó con crueles invasiones,
con robos de tierras a los indígenas,
con la traída de prisioneros esclavizados
desde la distante África
y luego la usurpación
de una parte enorme
de México...

pero le siguieron olas de arribos más suaves,
con recién llegados que eran bienvenidos,
para que ahora seamos parte de la promesa
de la Estatua de la Libertad,

mientras su luz salta, da vueltas,
se entrelaza y baila, creando
una esperanza compartida
para todos.

NOTA DE LA AUTORA

Al elogiar a la Estatua de la Libertad, la gente a menudo se refiere a los Estados Unidos como un país de inmigrantes. Esa frase ignora las experiencias auténticas de las comunidades indígenas y afroamericanas que estaban aquí previo a la llegada de los conquistadores y los inmigrantes o que fueron traídas a la fuerza, secuestradas y esclavizadas.

En *Luz para todos* quiero mostrar que todos merecen igualdad, a pesar de la amplia variedad del origen de nuestros ancestros. Mi madre cubana vino a California como una inmigrante después de casarse con mi padre nacido en Los Ángeles, cuyos padres eran inmigrantes de Ucrania. Mi tío Pepe y mi abuela Fefa llegaron a los Estados Unidos como refugiados a quienes se les concedió asilo. Algunos de los parientes de mi madre pudieron ir directamente a la Florida, mientras que otros pasaron años esperando en España o Venezuela.

Cuando mis hijos eran pequeños, mi tío Pepe nos llevó a ver la Estatua de la Libertad. Cuando mi yerno nepalí visitó Nueva York, él también la vio. Para todos, continúa siendo un hermoso símbolo de libertad e igualdad que inspira sueños de sentirnos bienvenidos y de darles la bienvenida a los demás.

—*M. E.*

NOTA DEL ILUSTRADOR

Mis padres, por ser de Puerto Rico, ya tenían la nacionalidad estadounidense cuando vinieron a Nueva York. Sin embargo, al llegar, fueron tratados como inmigrantes. Pero las puertas estaban abiertas para ellos y para mí cuando nací. La Estatua de la Libertad representa esas puertas abiertas. Tuve el privilegio de ilustrar este libro por esa razón. Claro que las palabras de Margarita Engle me mostraron el camino. Sí, todavía siguen llegando inmigrantes, y sí, los inmigrantes son quienes mantendrán vivo el futuro del país. Ellos siguen la luz que la Estatua de la Libertad les arroja, pero ahora tienen la oportunidad de "ser la luz". Todos estos años, la Unión lo ha demostrado. ¡Que siga brillando!

—R. C.